三尾みつ子詩集

花式図

洪水企画

花式図　目次

III　高蔵寺ニュータウン

I

花式図

家の形

南木曽の日暮れは早い
無人の家には
明かりが点らない
柱時計の振り子は止まったまま
時間が静かに積もっていく

大火には遭わなかった
蘭《あららぎ》川の鉄砲水も免れた
三世代の暮らしは
ふくらんだり
しぼんだり
そして今は
がらんどう

雨戸の隙間から
春の光が射し込む
土間の鎌の刃先
物置の赤い布のランドセル
押入れの土の雛人形がたちあがる

街道沿いを
風が通りぬける
山里の家は
季節をわたる鳥影や
雲をうつして
家の形にかがやいている

赤いサンダル

旅の車窓に
ぼんやり水平線が見える
伊勢の海から
潮の香りが満ちてくる

木曽の蘭川を思い出す
遠い夏の川遊び
赤い布のサンダルの片方が
折り紙のようにゆらゆら流れ
白い靴底を見せ
急流にのみこまれた
叔父の贈り物
お気に入りのサンダルだった

その夜は
入り江の集落に宿泊する
月はなく
釣り船の小さな明かりが
風のゆらぎに
点ったり消えたり

浜に下りて
流木に腰かける
砂が素足にこぼれる
汀ちかく
魚が飛ぶ
その口が
赤いサンダルのようだ

ままごと

天井の太い梁が
老いたちちははの朝餉を
見下ろしている
パンは焼かない
牛乳は温める
朝採りのトマトとキュウリ
お気に入りの器に盛って
味付けは
昔の大連の街
大飯店で食べた中華料理

大正生まれのははの夏休み
ままごとあそびは
深い軒下のござの上

イヌタデは赤のまんま
ウラジロは魚のひらき
カキの葉はお手塩皿
ツツジの枝はお箸
手が合わされて
食事の儀式がはじまる
ごちそうはお日様の香りがした
ままごとあそびのお仕舞いは
――ごはんだよ

オニヤンマが一匹
ちちははの上を
水平飛行して
街道へ消える

蕎麦のあお木

今日は父の七回忌である。あの日と同じ五月晴れ。木漏れ日が墓石にまだら模様を描く。父の好きだったコデマリをそなえる。アゲハチョウが飛んできて、白い小花の周りを舞い続ける。

墓参りの後は、いつもの店に寄る。紺地に白抜きで蕎麦のあお木と書かれた暖簾が掛かっていなければ、古い民家と間違えそうだ。甘からず辛からずのつゆの味。長い蕎麦と短い蕎麦が、舌先に触る。刻みネギとノリが脇をかためる。手打ちの蕎麦がつきれば、その日の店じまい。

男と、女の子の先客がいた。男の後ろ姿は父だ。うまそうに、ざる蕎麦をすすっている。女の子は、ぎこちない手つきで蕎麦をつまんでいる。三歳で死んだ姉だ。「大連で生まれたから〈連子〉って付けたんだよ」と、懐かしい父の声が耳の奥で響いた。坊主頭の父とおかっぱの姉は楽しそうだ。

窓の向こうに目をやる。駐車場に初夏の陽光があふれている。アゲハチョウを探す。微かな蕎麦のかおりにふりかえると、父と姉の姿はもうなかった。

大豆を煮る

南木曽の貴子おばさんから小包が届く
一筆箋の達筆な文字
　黒豆が不作でした
　大豆を送ります
　皆様良いお年を

正月は黒豆でなければ
頑なな思いに
小包は戸棚の奥に仕舞われた

六月の台所
ボウルに大豆を入れ
勢いよく水を流す
豆は上に下に踊る

枯れて砕けた葉が浮く
莢の繊維が手のひらにはり付く
虫食い豆が浮き上がる
――豆は手が掛るのよ
おばさんのつぶやきが聞こえる

真夜中
大豆は水の中でふくらむ
翌朝
早起きをして煮る

南木曽にホトトギスが啼くころ
貴子おばさんは八十歳の生涯をとじた

狐火

春の夕方
川霧の向こう
ゴンネ山の中腹に
チロチロが見える
――キツネビじゃよ
オシモ婆さんが真顔で言った
遠い昔
山裾を走る軽便鉄道で
死人が出た

はるかな向こう
南の町や村で
大勢の人が死ぬ
残像がゆれる

まばたきしない夢の中で
チロチロが見えた
――キツネビじゃよ
うしろ姿のオシモ婆さんがつぶやく

コンタクトレンズを外す
深夜の鏡に
オシモ婆さんが現れる
キツネビが見える
向こう岸に
少女の時間が流れている

オオムラサキ

九十歳の母が寝ている
近くの赤松林から
しきりにヒグラシの声がする
じっと聴くうちに
昔の蘭の里に連れて行かれる

小学生の夏休み
昆虫採集の宿題
母が捕虫網を持って駆けてゆく
白地に幾何学模様の簡単服が
畦道で舞いあがって
きれいな紫の蝶を捕まえた

モンシロチョウ

ベニシジミ
その間に
オオムラサキ
翅を大きく広げる
中心が紫に輝き
白い斑点が鮮やかだ

――これは国蝶です
　すごいね
　どこで捕ったの

オオムラサキを捕った記憶が
母にあるのかないのか
あの日の蘭のように
ヒグラシが鳴いている

――フタリノヒミツ
　母の若い声が聞こえた

花式図

寒風の中
ソメイヨシノを見上げると
生物の黒岩先生を思い出す
最初の授業が
サクラの花のスケッチだった
掌に一輪を載せ
その軽さと冷たさに息をとめ
かすかな香りをかいだ
おまじないのように
軸をつまんで回す
淡い色のソメイヨシノを
藁半紙に写生した

先生は黒板に

上から見たサクラの図を描く
円形状に外側から
　Ｋ　がく片
　Ｃ　花弁
　Ａ　おしべ
　Ｇ　めしべ
中心のＧを
いくつかの小さな丸いＡが守る
三日月のＣは五枚
Ｋがすべてを丸く包む
サクラは分解されて
清々しく描かれていた

ソメイヨシノの枝のむこう
黒岩先生の手が浮かぶ
冬芽に紅色が点り
堅いつぼみの中に
花式図が内包されている

II　渡り廊下

みち

多くの人が
旅立ちました
思い出すたび
傍らで
やさしく抱いてくれます

――あのね　お母さん
天国へのみちは
人だけでなく
犬とか小鳥
捨てられたオモチャ
三輪車
何でも通れるんだって

幼稚園の帰り
午後の日差しの中
娘の手を強く握りかえした
あの日の会話を思い返すと
掌から身体に
温もりがよみがえる

満開のサクラを見上げると
逝った人
十五歳で死んだ柴犬のリュウ
赤ん坊をあやしたガラガラ
なくした真珠のイヤリング
書けなくなったボールペン

うらうらと
花びらをまといながら
昇ってゆく

渡り廊下

月の凍てつく夜
二十代なかばで
詩人は自ら命を絶ちました

　ながい渡り廊下は
　深い深い胸の窪みであった　＊1

山国の学校には
渡り廊下が幾つもありました
コンクリートの上の簀子《すのこ》が
歩くたびにカタカタ鳴ります
雨が吹き込んで木肌を黒く濡らします
粉雪がうっすら積もります
お日様が射し込む季節になると

足裏が微かに暖かくなります
卒業証書を抱いて渡った日
風が未来の予感のように
胸のリボンを揺らしました

消え去った渡り廊下の
糸の様な触れ合い　＊2

若い詩人は
渡り廊下から
彼岸へ歩いてゆきました
影絵のように
その背中が見えるのです

＊1、2　西浦久志の詩「年中行事」より

フルシンブン

——古新聞

曇り空の下
廃品回収車の声に
電話交換手だった頃が甦る

富士山の　フ
るすいの　ル
新聞の　シ
おしまいの　ン
富士山のフに濁点の　ブ
おしまいの　ン

交換台のランプが点いた
キーを倒す

左耳のレシーバーから滑らかな声
子供の　コ
おしまいの　ン
大和の　ヤ
弓矢の　ユ
クラブの　ク

一言一言復誦する
少し緊張して
電報用紙の枡目をうめる
コンヤユク
受取人は大工の源さんだ

――フルシンブン
曇り空の下
昔の電話通話表のことばを
荷台に載せ
廃品回収車がゆっくり去ってゆく

白湯《さゆ》

喜寿の先生を見舞い
三十年前の勉強会を思い出す

茶葉を忘れて
まごまごしていると
ベレー帽の先生が*1
――白湯で結構ですよ
青地に白い水玉模様の湯呑みに
薬缶から白湯が注がれる
さゆ　さゆ　ふう　ふう
さゆ　さゆ　ふう　ふう
湯気のむこう
ビロードの声がする

四月は残酷極まる月だ
リラの花を死んだ土から生み出し
追憶に欲情をかき混ぜたり
春の雨で鈍重な草根をふるい起こすのだ。 *2

二杯目が注がれる
美味しいですね
さゆ　さゆ　ふう　ふう
さゆ　さゆ　ふう　ふう
透明な味覚が
喉を伝い降りた

ベッドの先生は
持病の薬を白湯で飲み干し
エリオットを諳んじる

冬は人を温かくかくまってくれた。
地面を雪で忘却の中に被い

ひからびた球根で短い生命を養い。　＊3

＊1　野根裕（のね・ゆたか）
＊2、3　T・S・エリオット『荒地』の「埋葬」（西脇順三郎訳）より

まんなかをあるいていた

マツ子とタケ子は双子の姉妹です
わたしが二人と遊ぶのを大人は感心しません
秋の農繁休み
三人で
営林署の作業場にいきました
午後の陽は心地よく
マツ子　わたし　タケ子
ゴンネ山の裾野の軽便道を
谷川の瀬音を聞きながらあるきました
作業場のおじさんと
二人は顔見知りのようで
――おざきせんせいのこだよ
二人同時に言いました
おじさんは驚き

キャラメルを一箱くれました
三等分し
一粒ずつ食べながら
マツ子　わたし　タケ子
谷川の瀬音を聞きながらかえりました
夕飯の時は何も話しません
もしも話したら
二人の様子を
作業場の場所を
日暮れまでに帰れなかったらどうしたのかを
母はうるさく聞くだろう
まんなかをあるいていた
マツ子とタケ子のまんなかにいた
わたしが母に言いたかったのは
ただそれだけだったのです

温泉旅館

新緑の高原の中で
傘寿の恩師を祝う

六十年前の四月
学生服で初着任
金ボタン先生とあだ名がついた

今も豊かな白髪
声は大きく艶がある

元生徒会長が祝辞を述べる
神社の秋祭りで
舞踊を奉納する女の子がいない
出店もない

旅芝居も来ない
学び舎は廃校になった
おしまいに
好きだった同級生を告白して
喝采を浴びた

着物の女将のおすすめは
木曽檜の大浴場
薬草の野天風呂

蘭中学校一年A組三十三名
新米の金ボタン先生が泣きながら
男子を叩いたとき
クラス中が泣き出した
午後のホームルームで
西部劇の話をしてくれた

中学校の校歌

県歌「信濃の国」
讃美歌「神と共にいまして」
鬼籍に入った数名を偲びながら
肩を組んで歌う
先生の米寿の会が約束される

高原に風が吹き
温泉に入るいとまもなく
別れの時が来た
手書きの祝賀の横断幕に
挙手をする
頭を垂れる

あそび

ローランサンの絵のブルーが
あたりに溶け始めると
むすめらは人魚になる
虹色の巻貝を探して
海に深く潜る
その歓声は
泡になって立ちのぼり
紺碧の空に吸いこまれる

平山郁夫の紅葉の朱鷺色が
あたりを染め始めると
わたしは鳥になる
西方の楽園を見ようと
夕焼けの空を飛ぶ

羽ばたく度に
翼のちいさな羽毛が
金色に光りながら舞い落ちる

教会の鐘の音が
異国の夕暮れを告げる
街灯が石畳みを照らしはじめるころ
むすめらとわたしは
分厚い大きな画集を閉じる
そして
それぞれの中で
あそびはつづく

Ⅲ　高蔵寺ニュータウン

アキの絵

オランウータンのアキが
クレヨンで描いた絵を
テレビが映していた

アキが死産したとき
画用紙の真ん中に
黒いグルグル
私もあの日
なみだも出ない目で
黒くて深い穴を見ていた

アキが妊娠したとき
画用紙の中を
赤　黄　橙　緑

さまざまな色が動きまわる
アキも胎動を感じたかしら
その日から
もう一人と一緒という気持ち

それぞれの思いを
アキはあの長い手で
クレヨンの色を運び
二枚の作品に描いた

春の日暮れ
オランウータンのアキの絵は
過ぎた日々を際立たせ
水彩画のように
夕闇にまぎれた

棚田

海でもない
沼でもない
土に包まれた水の姿

陽の光が
水面に帯を引き
風が渡ってゆく
いくつもの黒い水底は
それぞれの空を
競うように
高く沈め
蛙の卵を抱いている

畦道では

老いた農夫が
痛む足を引きずっている
使いなれた鎌を研ぎ
今年の米作りを占う

山峡の夕暮れ
棚田は水鏡になり
ねぐらに帰る鳥影を映す
明日は
早苗が植えられる

伝言板

木造の駅舎
晩秋の小さな待合室
駅員が老婆と世間話をしている
上り列車は一時間に一本
単行本を閉じ
目を上げる
壁際の伝言板に
――サキニユク
白墨のかすかな跡

お母さんコーラスの友人は
個室のベッドの横に
合唱曲集を置いていた
「落葉松」を二人で歌う

彼女のアルトはほそくなり
点滴のしずくが
午後のうすい陽をあびていた

特急列車が
駅舎を擦過する
――サキニユク
かわいた風がゆく

コンタクトレンズ

洗浄液から
透明な小さなレンズを取り出し
右目から左目の順で
ぴったりと装着する
顔を上げて
鏡の中の顔に
――おはよう
窓越しに遠くをみる
欅の大木
若葉の葉裏が見える
秋風の宿場町で
若い女医は
――眼の軸が長いね

眼鏡の少女に
コンタクトレンズをすすめた
少し間をおいて
――未来が明るくなるよ

教室の友の笑顔
遠くの山並み
黒板の文字
すべてが鮮明になる
新しいよろこびが
網膜に刻印されていった

引き出しの隅に
古いレンズがたまる
すてられない過去が増えてゆく

いそがしい朝
透明な小さなレンズが

指先から滑り落ちる
オロオロと
床を這いつくばって
コンタクトレンズを探す

バスコダガマ橋

塔から斜めに張ったケーブルを
釣り糸のようにたわませ
夢の中で
バスコダガマ橋は
薄暮の空に浮かび上がる
湾曲した橋の向こうがかすむ

私の隣は春原《すのはら》さん
忘れられない苗字
長い脚の影がテージョ河に届く
靴音がしない
春原さんが消えそう
やっとの思いで
腕に触れると

バイオリンの音が流れ出す
チゴイネルワイゼンの最初のフレーズ
その激しい調べが橋をゆする
どこまでも歩いてゆきたい
まだ月は出ていない

バスコ・ダ・ガマ
バスコ・ダ・ガマ
口角を上げて
長い長いバスコダガマ橋を
夢中で渡る

タオルのつぶやき

――一度水にくぐらせてから
　タオルを送ってください
福島の浜通りからのつぶやき

三月の午後
明るい洗面台に
水を張る
今治産の白いバスタオルを浸す
表面の糊が水に溶ける
立ち上がった糸のループが
手のひらを押す

おびえて泣き叫ぶ幼子を
包んであげたい

瓦礫に傷ついた若者の足を
拭いてあげたい
固い床に横たわる老人の背を
温めてあげたい

白いバスタオルから
つぶやきのような泡が
いくつも立ち上がる

私の手袋

私の手から
さわった時の記憶が
こぼれ落ちそうになります

父のがっしりした手につかまり
引き揚げ船に乗りました
母の丸い手が
鉛筆を握らせてくれました
幼稚園の送り迎えでつないだ娘の手から
温かい血潮が伝わりました

長い道のり
手を開きました
同じ数だけ閉じました

新しい手袋を買いに
初売りのデパートに出掛けます

アクセサリー売り場に行きました
華かな色の手袋が
干しダコのようにぶら下がっています
ワゴンの手袋は落ち葉のように
かき集められています

私の手袋を探します
小雪の舞う街を闊歩したいのです

烏洞橋《からすぼらばし》

――田中収追悼

陸橋のたもとにバス停がある
寡黙な先生は毎朝
茶色の電話ボックスの側から乗り
大学でインド哲学を教えていた
帰りは向かい側のバス停で降り
烏洞橋を前屈みに渡って
家路を急いだ

――詩をつくりなさい
今年も先生から賀状が届いた
眼鏡の奥のやさしい目がうかぶ
穏やかな話し声がきこえる

マンサクが咲く頃
コミュニティ誌で
先生の訃報を知った
早春の夕暮れ
はじめて烏洞橋を渡る
バス停のそばに
「へびにちゅうい」
小さな札が立っていた

葉桜のひかり

満開の桜の下を
西沢さんが
押し車で散歩していた

――富山にすんどる姉さんとは
どっちがさきにしんでも
そうしきに
いかなくてもいいことに
きめたんだぁ

花びらが
舞い散る夕暮れ
西沢さんのアパートに
救急車がきた

葉桜の柔らかなひかりが
階段下の押し車を
浮かび上がらせる
紺色の座面に
色のあせた花びらが
一枚はりついている
西沢さんのゆっくりした声と
富山の海の潮の音がきこえる

ドクダミの花

梅の花が咲くころ
サビタ地蔵の前で
長椅子に深く腰を掛け
痩せた中年女性が
仕事着で煙草を吸っている
――おはようございます
挨拶しても返さない
会釈もしない
何本も吸っている

燕が飛びかう朝
足を組み
無言で煙草を吸う姿が
弥勒菩薩の半跏思惟に見えて

——おはようございます
返事はない
返礼のように
紫煙が追いかけて来る
足元に目をやると
ドクダミの花が
十字に白く咲いていた

シンボルツリー

ニュータウンの小さな公園に
ケヤキが一本ありました

満月の夜
遊具のカメがしゃべります

海がみたい
潮騒がききたい
深くもぐって赤いサンゴにさわりたい
よちよち歩きの女の子が
甲羅をなでてくれました

遊具のパンダも話します

笹の葉をゆする風が懐かしい
朝靄の向こうの高い山を仰ぎたい
乳母車の坊やが
背中に乗ってくれました

小春日和のベンチで
老婆二人がお国自慢

愛媛のミカンは
お天道様のやさしさと
潮風を受けて
瑞々しくて甘いのよ

信州のリンゴは
善光寺さんのお恵みと
冬の寒さを頂いて
蜜がのって甘いのよ

ニュータウンのあれやこれやが
ケヤキの幹を駆け上がる
幾つも手を広げて
枝先を太陽に向けている

五月雨

選挙車が候補者名を連呼する
ヒラヒラの白い手が
五月雨にぬれる
こぼれ落ちた言葉が
小さな水たまりにとけた

遠い里山は
狭霧に包まれ
谷間の馬鈴薯畑に
薄紫の花が咲いているだろう
五月雨が星の花を濡らすだろう

高層マンションからピアノがきこえる
ブルグミュラーの練習曲のひとつ

「貴婦人の乗馬」のくりかえし
同じ所で何度もつまずく
ピアノを弾く少女の傍らを
黒いビロードを着た貴婦人が
白い馬に乗って駆けてゆくようだ

選挙車がまた通る
ヒラヒラの白い手が
五月雨にぬれる
雨粒が音符になって
街を連打する

高蔵寺ニュータウン

ホトトギスが遠くで鳴いて
はるか西の方
製紙工場の赤白の煙突から
真っ直ぐに煙が立ち登ります
煙の向こう
名古屋駅の高層ビルが
影絵のように浮かびます

陸橋のからまつ橋を渡ると
ニュータウンを覆うように
ケヤキの大木が枝葉を広げています
黒々とした幹に
日々の暮らしが重なります

街路樹のヤマモモが
葉の繁みから丸い実をのぞかせます
小さな緑の玉が
柔らかな紅の色になります

木陰には
サビタ地蔵様が
三人の幼子と佇み
この町を見守っています
嫁ぐ娘のことを報告しました

梅雨の晴れ間の朝焼けです
一日のはじまりを告げる風が
体の中を吹いてゆきます

あとがき

第一詩集『蘭』を出版してから、二十一年ぶりの詩集である。

「詩」と共に、「コーラス」を長く続けてきた。私にとって、この二つが、気持ちの上でも、時間的にも、侮れない容積を占めている。

この第二詩集を編むにあたり、改めて、「詩」と「コーラス」について考えてみた。

詩を書く作業は最初から終わりまで孤独であり、良くも悪くも作者個人の問題である。コーラスは、大方の場合楽譜があり、指導者の指揮に拠るところ大きい。言葉に音が付き、リズムが付くと、言葉は生き生きとして立ち上がり、人間のこころを揺さぶる事も出来る。

「詩は個人プレーで、コーラスはチームプレーだ」と言った人がいる。

私の中で上手くバランスが保たれているようだ。「詩」と「コーラス」のおかげで、言葉に対する意識を常に持てたと思う。

『花式図』の詩の多くは詩誌『加里』に発表したものです。同人の皆様には、忌憚のないご意見をいただき、とても勉強になりました。主宰の古賀大助様、誠実なご助言に感謝しております。

巖谷純介様、素敵な装幀をありがとうございました。

「洪水企画」の池田康様、編集の作業が進まない私に、誠意のこもった対応をしていただき深くお礼申し上げます。

三尾みつ子

二〇一七年一〇月

三尾みつ子（みお・みつこ）
1943年　旧満州生まれ
1996年　第一詩集『蘭』
所属　詩誌「加里」
現住所
愛知県春日井市中央台4丁目1の3　223-303
〒487-0011

詩集

花　式　図

著　者　三尾みつ子

発行日　2017 年 11 月 24 日

発行者　池田　康

発　行　洪水企画

〒 254-0914 神奈川県平塚市高村 203-12-402

TEL&FAX 0463-79-8158

http://www.kozui.net/

装　幀　巖谷純介

印　刷　モリモト印刷株式会社

ISBN978-4-909385-01-7

Printed in Japan